水の繭

富田三樹生詩集

装幀　水野麻樹

水の繭＊目次

三 …… 103

春

1

ふいにあらゆるものがゆらぎ…

海が、
沖から次々に起きあがり、
港の船もろともに押し入ってきた。
家々も車も巻きこみ、
海沿いの町の全てを飲みこみ、
全ての川をさかのぼった。

もう波はそこまで来ているのにその人は、
うろうろしている。
あー、早く逃げて、あー、という悲鳴が聞こえる。

ビルの上に船が乗りあげている。
白い病院が、
無情の原にとり残されている。

波に消えた者の手の感触が残っている。
自分のみが生き残ったという罪に、
苛まれている。

海沿いの村、入り江の港、

半島の町、
それらをつなぐ線路も駅も流された。

世界の瓦礫が、
この国の海岸によせ集められたのであろうか。

赤い紐が蝶のように結ばれた棒が遺体の在り処を示している。
老いた男が、口を曇天に向けて開き、
両手のこぶしを握り、
足をむき出しにてあおむけに倒れている。

中学校では皆がぼんやりと座っている。
男たちは外でたき火にあたっている。

雪が降り始める。

避難所で、
倒された家から持ち寄られたもので女たちが料理をしている。
子どもたちが、
遊んでいる。

山のお寺の本堂に、数十人の村人が横たわっている。
夜の寒気がぶり返し、
石油ストーブが一つだけ燃えている。

菩薩の金色の光が本堂の闇に潜んでいる。

2

波は、
かわらずに、
寄せ、
また引いている。

その波のように、
人類の旅が列島に寄せた。

海の彼方に、
山々の頂きに、
生と死の原郷があった。

あらゆるものはそこからの贈与であった。
慟哭と喜びに彩られた生死が引き継がれた。
慈しみは絶望のうちに咲いては消えた。

大陸の大いなる帝国と半島の国々の周辺で、
王権が生まれた。

海に現れた艦艇によって、
鎖国は切り裂かれ、
万世一系の神話を負い、
この国は帝国の坂を駆け上った。

夏の朝、
一つの都市に、
またもう一つの都市に、
原子爆弾が落とされた。

直立不動のモーニングを着た人間天皇の傍に、
占領軍最高司令官がくつろいで立っていた。

奇跡の繁栄があり、
海浜過疎地に原子炉群が林立した。

3

そして原子炉は溶解した。

建屋は爆発し、
ヘリコプターは空しく水を撒き散らして飛び去ってゆく。

人々は、
子どもたちを連れて逃がれて行った。

家畜小屋には、
飢えて斃れた牛の堆積が残された。

帝国の艦隊が原発の沖に派遣された。

こぶしの花が宙に浮かび、

桜が咲き始めた。
山野は新緑に、
海は春の色に変った。

一

微笑

大きな窓の外は薄曇りで、
丹沢の山なみが遠くに見えている。

窓のうちの病室では、赤ん坊が、
からだにはにあわない大きな手と足で、
空を抱こうとしてはあがいている。
何を見ているのかもしれぬうつろな目と鼻ぺちゃ…

はずむような肌の、
甘いかおりが部屋に満ちている。

まばらな家々の間の桜並木は満開である。

むこうの小山に杜があり、大きな桜が咲いている。
そこは鶴畴八幡神社で、相模国三鶴八幡の一社である。
てんてけ、てんてけ…、
太鼓の音はそこからひびいてくるのであった。

つい昨日まで遊び呆けていたはずの若い父とその恋女房が、
その未来を真ん中にしている。

わたしは、
いまだ未生の笑みを、

胸に抱いた。

天上天下唯我独尊

生まれたのは、桜三月満開の頃、
今年はまだ三分咲き。

ぐいっと立ち上がり、
とととととっと、行く。

見つけたのはテレビのリモコンである。

父に取り上げられ、
次に向かったのは、母の差し出すボール。

ボールをぽいっと投げ、
転がるボールを追ってまたぽいっと投げる。

買ってもらった機関車の絵本にむかう。
ページをひっくり返しては、見ている。

おーっと、声をあげる。
うーっと、うなる。

目をかがやかせて、
立ち上がる。

天上天下唯我独尊。

死ぬ男

顔の片方がいびつに膨れ上がって眼はふさがれている。

喉の周囲から後頸部にかけて、
いくつものもりあがりがあり、
それが噴火口のようにえぐられている。
右の耳の下の穴から血が流れ出て枕を染めた。
看護師が、そこにガーゼをあててはふきとっている。
モルヒネが点滴されている。

それから誰もがいなくなり、

窓の風景の中で夕日が落ちていった。

細い手足がむきだされ、
男は電灯もつけない部屋で椅子に腰をおろしている。
からだを背もたれにゆだねている。
ごほごほとせき込み、
鼻水とその泡があごに流れ落ちる。

黄色い花

告別式へむかう車の窓から、
黄色い花の群棲を見た。

深夜、
アジトのようにしていた研究室に、
彼は入ってきた。
「なぐらしてくれませんか」と唐突に言い、
そのわけを手短に語った。
あまりのことにわたしは受け入れた。
ドラマーでもある彼は、

シャドウボクシングの身軽さでわたしを連打し、
ありがとうございました、と云い、
外に消えた。

何人かで房総に遊んだことがあった。
その帰り、わたしたちは夕日を浴びて船に乗った。
彼は幼い娘に何かを買い与え、
甲板で寄り添い風に打たれていた。
海峡を渡りわたしたちは電車に乗った。
彼は小さな駅で、
眠ってしまった娘を抱いて、
夜に消えた。

前橋の利根川の岸辺で彼は死んだ。

そこは彼の少年時代を抱きとった土地であった。
河には、
夏草が繁茂していた。
(わたしは朔太郎を想った)。

わたしは、
弔問者に隠れているあの娘に向かい、
その父との小さな想い出を語った。

茶の花

隣は空き地である、
白い花が、
砂埃に汚れた茶葉に隠れている。
よく見れば無数に咲いているのだ。
その、
黄色い花芯…
ものかげから覗く、

難民キャンプの子どもたちのように。

道

夏芙蓉が、
今はない。

老婆が道沿いの草をむしり、ごみを拾っている。
地べたに這いつくばるかのように。

お茶の低木が一列に続いている。

背高草が生い茂り、倒れている。

流れる雲の切れ目から、
光が射してくる。
野の墓がある。
彼岸花が立っている。

観音像

何やらの作物が見える野面に道が通っている。
向こうには住宅の群れがあり、その黄色い壁が見える。

空は、
その広さいっぱいに、
青い色合いの雲の原でふさがれている。

その道が合流する所に、
紅梅が哀しみが匂うように咲いている。

右手には裸の大きな木が見え、
その向こうは一段低まった土地が広がり、
雑木林の半身が見える。

その坂を、くだって行く。
七曲りの三つ目の角に小さな石塔が立ち、
花が供えられている。

正面に、
少女のような観音像が浮かんでいる。

セイタカアワダチソウ

犬麦やカヤツリグサの中から、
セイタカアワダチソウが沸きあがっている。
その草草を押し分けてゆく。

桐は茶色い鈴の実をつけ、秋枯れている。

空で雲は筋を引き、
その薄雲の中で、日の光は抑えられている。

向こうの畑の道に車がとまっている。
足を引きずるように犬を連れた老人が歩いている。
犬はわき目もふらず地面に鼻をすりつけている。

風が、吹いてくる。

泡立つ黄色い海が、
ゆらいでいる。

聖なる子

…＊

だらしなく肌をさらして痩せた男が舟の上で祈っている。
赤ん坊が舟底にころがっている。

河口は岬のむこうまではるかに白んでいる。

魚がとれるのもおぼつかなく、
波もなく流れているとも見えない広い河…

大いなるものは人には怠惰である。

大いなるものに捨てられることによってのみ、
彼は生れたのである。

やがて舟が沖に出、
その子は目覚めてむなしく泣くだろう。

女は、
この河べりのどこかの町で騒いでいるだろう。

河口の水が空に溶けて、
世界は終わるだろう。

＊絵画「貧しい漁夫」ド・シャヴァンヌ

伯耆の国

夏子は何ものかの声に誘われて、
黄泉平坂の早春の山の谷に倒れていた。

飛行場からの車の途次、
日本海は荒々しい波を寄せていた。
伯耆の国の重い雲が空を閉ざしていた。

奇跡のように救われた彼女は、窪んだ大きな目で、
横たわっていた。

そして黄泉の国を見るように、
何も語らなかった。

わたしは翌日その山に登った。

真白な雪の大山がそびえていた。
スダジイやタブノキの樹林に混じって針葉樹の谷があった。

山ははるかに海を越えたユーラシアの大陸に向かっていた。

わたしは、誰もがいまだ未生である国を、
切に希求した。

希求

倒れた体から血が流れ出ている。
その流れが地を這い、消えてゆく。
幾人かが何かを叫びながら、わたしを取り囲んでいる。
つれて行くべき場所がないのである。
そんなことは、もういいんだ、とわたしは思っている。
去来するのは、わたしがどこかに捨ててきた妻と子供たちだ。

これが、
知らない土地で倒れた兵士の気持ちなのだ。
伝えるべきことばを希求して、
わたしは死ぬのである。

まけない

金魚の糞、
て知っている？

みんなのあとからくっついてゆき、
いなくなっても、
わからない。

突きとばされて、
ころんで、
だまって起きあがる。

生まなきゃいいだろ！

昨日は、
海で、
カニを見た。

まけない…

この、
今。

平城京跡

草はらに雨が降り出した。
朱塗りの大極殿が立っている。
蓮の図柄の美しい格子天井をはるかに見あげていると、
あっ、と若い女の悲鳴がこだました。
礫のように、
燕が外に消えた。
大極殿の南に広がる内庭の儀式は、
唐からの使者を迎え、
蝦夷や隼人のまつろわぬ民を眼下に見おろすとき、
朱雀門を見る。

そこまでが平城宮である。
朱雀門の向こう、
大路を下った羅生門までは平城京である。

都の威容と儀礼こそが、
文明言語であった。
その空間のためのおびただしい労働と富の集積、
その浪費こそが王権の証であった。
朱雀門の手前を近鉄奈良線の電車が行き来している。
大陸から律令制による国家統治を学び、
朝鮮からの仏教を国家の制度に組み込んだ。
国見と相聞、挽歌と歌垣、
防人の哀しみの歌などを採集して万葉とした。

王権のもとに、
苦界に生きる衆生というものが現れていた。
まだかな文字は生まれていなかった。

東アジアの、
雨が滲んだ草はらの向こうに、
二十一世紀の、
白っぽい家並が広がっている。

二

海—１９６９

淡いみどりの呼吸が、
海岸にもえている。

惑星は
真昼の空を、
移動し、
海は、
その夏の色によって、
自らを耐えている。

二人を、
置き去りにするように、
わたしは、
沖に出た。

砂丘と松林は波に見え隠れし、
小さな姿が寄り添っている。

それから、
からだを砂浜に引きずりあげると、
風が、
砂を巻く。

波に消えたわたしが、
戻っても、
不在におびえ、
娘は泣きやまない。

海は、
光となり、
崩れている。

帰郷

雪景色の山が過ぎ去ると、
空は、
はるばると、
高く、
遠くなる。

山なみのむこうに、
雪の山脈がさらに見えてくる。
くびれてまた急峻な山になり、
その峡谷は阿賀野川である。

あの山ふところにわたしは帰るのである。

車窓の西側に弥彦山から角田山がつながり、
その向こうは、
良寛の日本海である。
日が傾き、冬枯れの泥田は金色に輝いている。
その空に、
巨大な鯨の群れが泳ぎ、
夕映えのうすぎぬをひいている。

港はもはや夜である。
萬代橋にあかりが灯っている。
海が満ちて信濃川は逆流するかに見え、

その波が光っている。
風の橋を渡る女たちはみな美しく、
男たちはしあわせであるかのようである。

それからバスは、
あかりの乏しい雪の町に着いた。
誰もいない家に入り、
ウイスキーのお湯割りで、夜を過ごす。

明日は、ホームにいる母に会いにゆくだろう。
「おめさんどこにいるあんばね、何しているあんばね」と、……＊
繰り返し、彼女は問うだろう。
わたしは、同じことを繰り返し答えるだろう、

＊あなたはどこに住んでいるのですか。何をしているのですか。

海

寒風は激しく吹きよせる。
海は煮え立つように波を打ちあげる。

西の空が割れて光が射してくる。

またたくまに日はかき消され、
かもめは、
風にふるえながら、
浮かんでいる。

波がテトラポットに吹上がりまた打ちよせる。
痛い風がさらに霰を顔面にたたきつけてくる。

さらに吹雪となり、
空と海が、
ごうごうと響きあう。

松は傾き、
幹の海側に雪がはりついている。

夜となり月が出ても、
海はうねっている。

祝祭

湖面は、
おびただしい白鳥で湧き立っている。

数羽ずつ、
途切れなく飛び立ってゆく。

手が届くほどの高さで、
屋根の上を、
雲の中に、
消えてゆく。

家々は知らぬふりである。

かれらは、どこかで、
餌をついばみ、
夕暮れ、また帰るのである。

山々は雪で覆われ、
やがて、
町にも雪が降り積もる。

日々のこの光景が、
この町の、

祝祭、
にちがいないのだ。

朝

夜はまだ明けていない。
その闇に白鳥の声だけが響いている。
山際に光が滲み、
湖面に、
おびただしい数の白鳥が浮かびあがる。
わたしが妄念にとらわれていた瞬時に、
世界は朝へと、
変貌した。
山裾の村々の森は黒々とし、
刈りとられた水田は泥の平原である。

動くこともなかった白鳥たちが、
湧きたちはじめる。

一羽、
そしてまた数羽、
羽で湖面をあおり、
走りながら、
浮きあがり、
空を、
旋回してゆく。
きりもなく次々と…

吹雪

山も、
野も
吹雪にかき消されている。
白鳥の群れは、
氷上に鎮まっている。
皆が長い首を背に埋め、
幾羽かが首をたてたまま動かない。

わたしはその一羽を見る。
彼女はまっすぐに、

近よって来る。

誰を見ているのだろうか。

存在

眼を閉じると、世界は消える。
眼を開く前に、すでに世界は現れている。

どこかで、
誰かが見ているせいで、
世界はすでにあるのだろうか。

何度も、
眼を閉じ、素早く目を開いて、
わたしは試したのだ。

誰かに見られているせいで、
わたしはあるのだろうか。
神さまが見ているからだろうか。
神様は見ることができないのに。

空を走る

右足を前に出し、地に落ちる前に、
左足を前に出す。
それを繰り返せば、
空を走ることができる。

天窓から青い光が差し込んでいる。

わたしは、
決行した。

宙を、
部屋の隅から隅まで、
走った。

母の声が、わたしを呼んだ。

わたしは、
ひとり、
畳に転がっているのであった。

台所の食卓に、
祖母が、父と母が、
兄や妹がいた。

迷子

眼の前を、
男の子が、しくしく泣きながら歩いている。

迷子だろうか。

追い越して、
見る…
迷子のわたしを。

子どもの頃、

はるかなインドから来た象を見に行った…
港のある街へ。

大きな象が、
人波の向こうで鼻をあげた。

わたしは迷子になった。

誰かに拾われ、
田舎町の家まで送り届けられた。

わたしは、
しくしく泣いていたか。

狼

狼の群が、
山から降りてきた。

会津への戦争が通り過ぎたばかりの村は、
息を潜めた。

す、す、す…
村の道を駆け抜けた。

少女は、

物影から覗いていた。

村かどを、
折れる時、
彼らは光る黄色い眼で、
こちらを見た。

お、おーん、
お、おーん…

老女は、
孫の前で、
顔をあげ、喉を震わせ、

狼になっていた、

お、おーん、

お、おーん…

それは、

いつもたとえようもなく哀しい響きだった。

いなごとり

稲の原は、
こがね色に輝き、
秋の日が傾いている。

子どもたちはイナゴを袋にいっぱいにして、
帰ってゆく。

機関車が煙を上げ轟音を響かせて走ってゆく。
巻き起こる風にあおられながら、
車両の数を数えた。

線路に耳をつけると、
音が、
消えていく…。

ガタンゴトン、ガタンゴトン…

「遠い」、
ということはこういうことなのだ…と、
彼はわかった。

地平から、
砂煙をあげてジープが近づいてきた。
女を抱いたアメリカ兵たちが、

声をあげて何かをばらまいた。

我先に、
道に這いつくばった。
見たこともない飴やチョコレート。

その味が、
屈辱と共に口の中に広がった…

夕日が地平に沈む頃、
貧しい町に、
子どもたちは帰った。

ごろつき

道を歩いている。
気がつけばくわえたばこで…

それは、
今ではごろつきの所作となった。

木々のみどりが萌え出ている。
花びらが降りかかる。

少年の頃、

野や山を行き…

泥を胸につまらせ、
人生を、
必死に否定していた。

お前はのっぽのくせにいつもうつむいているな、
と、
父に云われ…

両手をポケットにつっこみ、
昂然と、
剣葉を口にくわえて歩いた。

セブンティーン

ヤマグチオトヤが、
浅沼稲次郎を暗殺した。

暗い舞台の上のその場面を、
ニュース映画で見た。

わたしは生きるべきではないのかもしれなかった。

自分や、
家族の、

幸福を軽蔑した。

大江健三郎は、
セブンティーン、を書いた。

深沢七郎は、
風流夢譚、を書いた。

とかとんとん、とかとんとん…
太宰治の音がした、

おろかな、
わたしの、

セブンティーン。

墓

墓参に来たわけでもない。
しばらくそのあたりにいる。

昔のように、
列車は走らない。

やはり、死んだものたちはいるのだ。

子供のころ、
お盆には、

ここに来た。

提灯をさげて、
父は、
母と私たちだけに行かせて、
家に帰れば、
線香花火などをあげて…

あれは楽しかったのか、
哀しかったのか。

ストップモーション

冬から春へ、
新緑が萌え、
満開の桜が散って、
水に浮かび、
驟雨は西から東へ、
緑は黒ずみ、
また、
雷雨があり、
あじさいが咲いている…

ウイルスはヒトへ、
ヒトからヒトへ、
海を越え…
人々は皆マスクで顔を覆っている。
国々が閉ざされ、
電車はがらんとすいている。

氷河期が終わって完新世へ、
一万二千年前、
農耕と牧畜という文明と定住が、
感染の歴史の始まりだった。

税が、

文字を生み、
隊商が、
都市からはるかな都市へと、
往還し、
戦争という交易が、
古代の帝国を作った。

銃と軍馬による、
アメリカ征服が、
大陸を再びつなげ、
感染が、
原アメリカ人を滅亡させた…
産業革命、

植民地の闇と帝国主義国家の接触、
繰り返された世界戦争、世界分割とその崩壊、
光速無量の交換と移動、
承認の闘争と、
歴史の終わり…

ウイルスは、
隊商のように、
自らの存続と生命進化を交換した。
多細胞生物個体は自我を超え、
人新世と呼ばれる、
世界の終わり…

…*

五本の大きないちょうの木があり、
そのいちょうに、
子供たちはよじ登り
枝に押し上げた日々があった。
その日々の、
物語と、
滅びへと…

初夏、
昆虫の、
授粉…
青い水田、
都市、

過剰と偏在と分かち合い、
隷属と労働、
自由と誇り、
しあわせ…
ことば、
逢瀬、
宴、
儀礼、
舞台や、
競技場、
旅、
その日々の、
何もかも…

が、
この、
風の中で、
ストップモーション…

＊『自我の起源―愛とエゴイズムの動物社会学』真木悠介（岩波書店）

三

水の繭

老いたアボリジニの女は、故郷の岩の風穴と同じように鼻に穴をあけている。
彼らは、人類がアフリカを出て後、
数万年前に岐れた肌の白い人々の狩猟の餌食になったのだった。
自からの全てである故郷と家族を奪われた。
彼女は生き残り、聖なるアルハルクラに戻った。
赤い土の上にしゃがみ、キャンバスに描き始めた。
点描の無数の点はヤムイモの種子カーメであり、その実であり、
彼女の名前であり、
闇の中の太い線は地にのびる根であり、
点描の集積は創造された世界の胎児であり、死胎であり、

それは雨後の大地である。
波のようにからみあう太い線はヤムイモの根茎であり地の声である。
彼女が死の直前に描いたものは、波のようにやさしい色彩のオーロラであった。
サフルに犬を連れて航海したその人類の末裔は、
唄うように絵を描き続けて死んだ。

全てのもの、わたしのドリーミング、ヤムイモ、トゲトカゲ、
草の種、子犬…これがわたしの描くもの、
全てのもの。　…＊

泡のように消え、また生まれかわるひとりひとりのしあわせへの希望があり、
その絶望と数知れない死者と生者たちがつくりあげてきた家族や種族や民族の間で、

神々の隠し絵のような物語が編み上げられている。
無数の銀河が遠のいている。
暗黒物質に浮かぶ明滅として…

僧侶と戦士と実業者と隷属者によって構成された種族は、あらゆる行為と十八日間の大乱の累々たる死の後に、ガンジス河の源、ヒマーラヤ山に消えて行った。

＊＊＊

万物の夜において、自己を制する聖者は目覚める。
万物が目覚める時、それは見つつある聖者の夜である。

見つつあるその夜、
一切が戦争として遂行されている。
愛語と憎しみのことば、出会いと別離、
全ての言語と行為は、
資本と国家という双子の神に饗されているかのようである。
生贄として、
海辺に遊ぶ子どもたちが波にのみ込まれるように…

しかもなお誰かが生まれている。
自由として、
野の花のようによみがえりとして。

顔を上げよ、

きみは森からはるかな草原に踏み出した大いなるものの子だ。
億光年の遠方、時間の鏡の夜に、
水の繭が青くかすかな光を照り返しながら移動している。

＊エミリー・カーメ・ウングワレー展（国立新美術館・２００８）
＊＊『バガバッド・ギータ』上村勝彦訳（岩波文庫）

ひどい風

鳥たちがふいに飛び立った、
わたしは、
地面に大きな窪みがあるのを見つけた。

爆弾の跡？
恐竜の足跡？

海が見える小屋で、
老人や女や子どもたちが、
捕獲した鳥を調べている。

鳥のお尻から、サンダルや、空きびんや、
生活のがらくたが出てくる。

わたしは、
また卵を見つけた。
拾って、食べようとして殻を割った。
胎盤がくっついたようなひなが出て来た。
ひなはにょろにょろあがいて生きようとする。

みんなで顔をくっつけ、
そのいのちを見てわらった。
顔をひくひくさせて、
みんなが泣いた。

戦争が終わってほっとして、
空を見たように。

ふいに、
ひどい力でみんなが追い散らされた。

誰もいなくなり、
子どもたちが草のように生えていて、
ひどい風は、
その草を吹きぬけた。

初夏

太陽の光は少しも変わらず、
白い雲は浮かび…それなのに戦いは敗れたのだ、
と敗戦の日に詩人は記した。　　…＊

若かった昔、
わたしは危うい抒情に誘われ、
洪水の記憶がまだ新しい、
諫早の野を歩いた。
敗戦は、
詩人を、

生かしたままで波打ち際に置き去りにしたのだ。

美しい萌黄緑の、
木漏れ日の下に、
山つつじが咲いている。
誰に知られることもなく存在することの不可能性と、
わたしが見る、
ということの必然が
つつじの花を咲かせている。

こならの梢が、
ゆらりゆらり、
空にゆらいでいる。

姿も見せずに小鳥が啼くのを聞き、
そのゆらぐ梢により、
わたしが
存在する。

繰り返し打ち寄せる波の、
奇跡の、
初夏…。

＊伊東静雄

寺湯

お寺の共同温泉の、
自動販売機で、
二百円を払って券を買い、
誰もいない、
番台に置いた。

窓は開け放たれ、
古い旅館や松の木が見える。
湯をからだに浴びせ、
きらきらたゆたう湯舟に入った。

弘法大師の立つ岩の陰から湯が噴き出している。

おじゃまです、
と老人が入ってきた。
どうも、とわたしも応えた。
彼は、無残な瘢痕のある背中を流し、
陰茎と陰嚢をぶらさげ、
ゆっくりと、
沈んだ。

その波が、
寄せる。

秋

かさかさと落ち葉が鳴る。
午後の日は傾き、
こならの黄葉が輝いている。

女の子とそのお母さんが、
林から現れる。
女の子はわたしを見あげ、
こんにちは、と声をかけた。
こんにちは、とわたしもお返事した。
こんにちは、

お母さんもしずかにあいさつをした。

梢の上に、
雲が流れる。
ほーほー、
ほーほー、
と、
風の音が渡ってくる。
知らない遠い世界から…
落ち葉も、
舞ってくる。

花咲く海辺

どこかで子どもたちの歓声がする。

海と思われる方に、
丈高い野花が咲いていて、
声はその向こうからのようである。

道は薄い光の中に消えている。

野花の向こうに、
子どもたちの走る姿が見え隠れする。

何故そこに戻るのだろう…

松林を通り、
海辺の、
だだっぴろい部屋に帰る。
大きな松がゆらいでいる。

河口の水に、
髪を巻くように太陽が沈んでいる。

岸辺で、
夏子が遊んでいる。

花が咲く、
花咲く気配のない海辺である。

夏

日向で子どもたちが遊んでいる。
ベンチの下に何かがうごめいている。

黒い昆虫が、
ひとりで、
もがいている。

わたしはそれを、
見ている。

わたしは神ではない、
のに。

台風

物語には、　　……＊
北陸に流れる一家が描かれている。
宿を覆う雪の夜の狂おしいうなりは、
わたしには懐かしいものだ。
罪深い男とその妻と子供……
その運命は酷薄だ。

南太平洋に生まれた台風のために、
いつの間にか空は荒れてきた。
眼下の山際を、

電車が通り抜ける。

＊『流転の海』宮本輝（新潮社）

声

わたしは、
そのものを、
切り裂く。
身をよじらせ、
目は見開かれ、
そのものは喉の奥から、
炎のような舌を突き出している。

そして、
わたしが、

そのものに切り裂かれる。
聞こえない、
その声…
わたしの。

闇の奥

やわらかな繭のようなものが、
闇の奥に生きている。
それはかつてわたしが打ち捨てたものだ。

そこからの声が、
呼んでいる。

走っても。
また走っても、

進めない。

あかりが、
灯っている…

人々の、
しあわせが営まれているのだろう。

河口にて

窓の全体で、
海へと、
河が悠然と押し入っている。
眼下は港で、
白い船が停泊している。
小艇が波を引いて沖に出てゆく――

わたしでないとすれば、
この夢は誰が見ているのであろうか。

春の山

萌黄色の山がゆれている。
萌黄色のけむりのようにたゆたうのである。
山桜がその中に浮かんでいる。

萌黄色に山がゆれている。
萌黄色はけむりのようにたゆたうのである。
花びらが流れている。

わたしが、
その山を見ているのである。

あとがき

これは私の四冊目の詩集ということになる。
既刊は以下である。
「崩れる海」一九七二年九月　詩の会誰（新潟）発行
「秩父」二〇一〇年一一月　さきたま出版会
「八国山かいわい」二〇一〇年一一月　さきたま出版会

十九世紀中ごろ会津への戦争が阿賀野川沿いに遡行した村々には、明治元年生まれの私の祖母によるとまだ狼は里に下りてくることがあった。私は、前世紀の第二次世界戦争のさなかに生まれた。二十一世紀になった時、世紀を超えて生きることが不思議だった。そして今、世界はあの戦争の時代を反復しつつあるかのようである。
一九一〇（明治四三）年生まれの父は七十六歳で死んだ。戦争に行かなかったのはおそらく「肋膜」のためだったろう。当時の多くの子どもたちがそうだったように幼くして死んだ姉は、家族で一人卵を食べている父を、どうしておどちゃまだけ？　とうらやんでいたという話を私は何度も聞いたことがある。私はそんな父より長く生きていることになる。彼は死の病にある時、初めて詩を書き小さな詩集にし、近しいものに配った。私は当時見向きもしなかったのだがその中の一篇をここに採録しておく。

死

ひるの日の流るる街の十字路に

ものの翳ありて息を呑みたり
銀行の玻璃戸の下にゆらぎしは
何んのものならん死にあらざりしや
はからずも佇ちたるひとに
見る可きならぬものを見しなり

おわりに、詩集の編集に尽力していただいた春田高志さん、装幀をお願いした水野麻樹さんに深くお礼を申し上げます。

●著者略歴

富田三樹生（とみた・みきお）

一九四三年新潟県阿賀野市生まれ。

青年期には、新潟で、「新潟文学」（新潟大学文芸部雑誌）、「火」、「誰」などの同人誌に参加。一九七〇年新潟を出る。一九七二年詩集「崩れる海」を出す。

この頃は詩作をやめていた。

二〇〇〇年再び詩を書くようになる。

二〇〇二年新潟の同人誌「空の引力」（二〇一〇年三〇号で休止）に参加。

現在、「ぼうろ」同人。

日本現代詩人会、埼玉詩人会会員

著者住所　〒三五九－〇〇二六　埼玉県所沢市牛沼一七八－三六

水《みず》の繭《まゆ》　富《とみ》田《た》三《み》樹《き》生《お》詩《し》集《しゅう》

二〇二三年一一月二〇日　初版第一刷発行

著　者　富田三樹生

発行所　ぼうろの会
〒九五七－〇〇二一
新潟県新発田市五十公野四七七八　田中武方

販　売　まつやま書房
〒三五五－〇〇一七
埼玉県東松山市松葉町三－二－五
電話　〇四九三－二二－四一六二
郵便振替　〇〇一九〇－三－七〇三九四

印刷・製本　関東図書株式会社

ISBN978-4-89623-209-7 C0092